「謹以此書獻給我親愛的孩子們。因為有你們，我的人生才得以完整。」
Dedicated to my boys. You make my life complete.

巨人的煩惱

A GIANT'S TOENAILS

文／吳佩妮 • 圖／張青蛙

從前從前有一個巨人
生活在村落旁的山上
因為他實在是長得太
~~~~ 巨大了
大家都有點害怕他

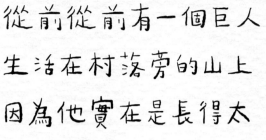

有一天，巨人起床的時候
發現腳痛得受不了

原來是因為他好久沒剪腳趾甲
腳趾甲都插到肉裡面了

巨人試著要自己剪腳趾甲
但是他的肚子太大了
根本連腳趾頭都看不到……

真的太痛了，巨人哭了起來……
喔！天啊，可憐的巨人

巨人突然想到一個好主意！
「我自己剪不到，可以請別人幫忙啊！」

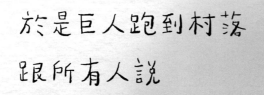

於是巨人跑到村落
跟所有人説

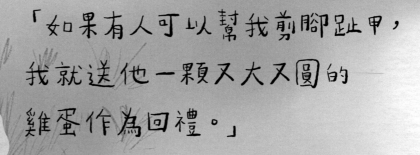

「如果有人可以幫我剪腳趾甲，
我就送他一顆又大又圓的
雞蛋作為回禮。」

巨人手上的雞蛋就跟他一樣很巨大
所有人聽到都想說
「要是能拿到那麼大的雞蛋，就不怕餓肚子了。」
但是大家還是有點害怕巨人……

巨人等了又等、等了又等

終於有人鼓起勇氣來敲了門

原來是村裡的裁縫師

裁縫師清了清喉嚨說

「巨人先生您好，

我是村裡最最有名的裁縫師，

連國王的新衣都指定我幫他製作。」

裁縫師把下巴抬了抬
繼續說道
「我有一把鋒利無比的剪刀，
裁剪布料又直又快，
一定能幫您把腳趾甲
修剪得很漂亮。」

看著裁縫師這麼自信的樣子
巨人把腳趾頭伸出來並說道……

「好吧！就讓你試試看吧，
如果你能讓我的腳趾不再痛，
就可以把雞蛋帶回家。」

裁縫師聽了很高興
馬上拿起剪刀，把剪刀張到
不能再大
用力地剪了下去！！！
沒想到……

裁縫師引以為豪的剪刀
居然……

斷了

喔！天啊，裁縫師難過極了
因為他不僅沒辦法得到雞蛋，
連他最愛的剪刀都壞了

裁縫師連句再見都沒說
傷心地帶著剪刀離開了……

看著這幅景象，巨人心想

「連最厲害的裁縫師都沒辦法，
　　還有誰能幫我？」

沮喪的巨人這時又聽到敲門聲，
他以為是裁縫師想回頭道別
打開門看到的卻是騎著白馬的王子

白馬王子咻咻咻揮一揮他手上的劍說道
「巨人先生，我聽說您需要人幫忙剪腳趾甲，
我的劍堅韌無比、打敗過許多怪物，
請讓我試試看吧！」

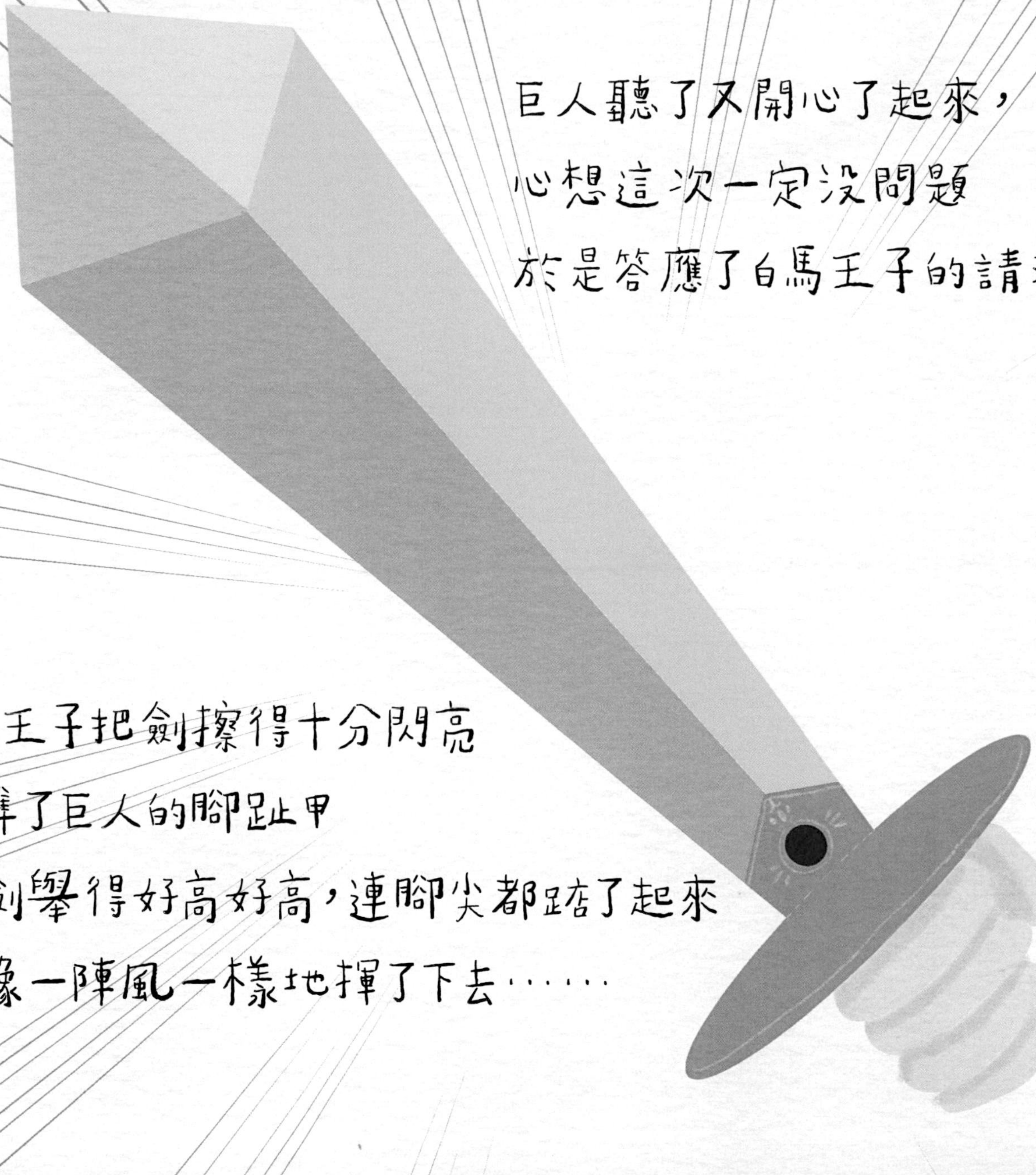

巨人聽了又開心了起來，
心想這次一定沒問題
於是答應了白馬王子的請求

白馬王子把劍擦得十分閃亮
對準了巨人的腳趾甲
把劍舉得好高好高，連腳尖都踮了起來
劍像一陣風一樣地揮了下去……

由於太過丟臉了，
白馬王子騎著馬一溜煙地跑走了

留下既錯愕又苦惱的巨人

所幸很快地又來了第三位自告奮勇的人
「叩叩叩！有人在家嗎？ 我是來幫您剪腳趾甲的。」

巨人實在痛得沒辦法走路了
隔著門便說「你自己進來吧，門沒關。」

走進門來的是一個全身髒兮兮、
穿著連身工作服的人
最令人驚訝的是他肩上那把
巨大無比的剪刀
感覺好像背著一隻螃蟹的大螯

巨人揉眼睛看了看
原來是一名園丁啊

園丁站定後便興高采烈地開口説了

「親愛的巨人先生，
我是特地來幫您剪趾甲的，
我的剪刀喀嚓一下
就能夠剪斷一棵樹，

我還曾經
幫另一座山頭上的噴火恐龍
修剪過趾甲呢！」

巨人不知道該不該相信園丁說的話
只好死馬當活馬醫，答應了他
巨人將眼睛閉得好緊好緊說

「園丁先生，請你小心不要剪傷我喔！」

没一會兒工夫，巨人就聽到園丁說

「我已經將您的每根腳趾甲都修剪得整整齊齊，
不信您張開眼睛看看。」

巨人小心翼翼地睜開眼睛
看到的是煥然一新的腳趾頭，而且也不再覺得痛了

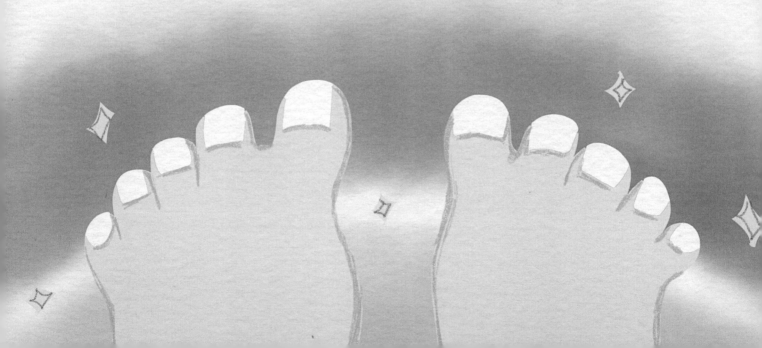

他一邊向園丁道謝，
一邊流下開心的眼淚

並依照約定，
將一顆又大又圓的雞蛋
送給了園丁做為答謝

那顆又大又圓的雞蛋最後怎麼了呢？

變成荷包蛋被吃掉了嗎？

園丁把大雞蛋帶回家
就擺在屋子旁邊
然後就將這件事忘得
一乾二淨

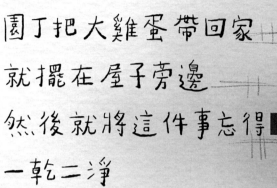

直到有天房子突然發出
嘎嘎的聲響、天搖地晃的

園丁趕快衝出家門一看
雞蛋裂了一個大縫，從縫裡跑出一個
黃色尖尖的嘴巴來

原來是小雞啊！（雖然牠並不怎麼小）

小雞第一眼就看到園丁
把他當成了媽媽，非常喜歡他
園丁也一直細心地照顧小雞

最後小雞生了很多大雞蛋
園丁和家人一輩子都吃不完的雞蛋

巨人的煩惱

吳佩妮 文 • 張青蛙 圖

國家圖書館出版品預行編目 (CIP) 資料

巨人的煩惱 / 吳佩妮文；張青蛙圖. -- 初版. -- 新
竹縣竹北市 : 方集出版社股份有限公司, 2023.12
　　面；　　公分
　ISBN 978-986-471-441-4(平裝)

863.599　　　　　　　　　　　　112018543

發 行 人：賴洋助
出 版 者：方集出版社股份有限公司
聯絡地址：100 臺北市中正區重慶南路二段 51 號 5 樓
公司地址：新竹縣竹北市台元一街 8 號 5 樓之 7
電　　話：(02) 2351-1607　傳　　真：(02) 2351-1549
網　　址：www.eculture.com.tw
E-mail：service@eculture.com.tw
主　　編：李欣芳
責任編輯：立欣
行銷業務：林宜葶

出版年月：2023 年 12 月 初版
定　　價：新臺幣 300 元
ISBN：978-986-471-441-4 (平裝)

總經銷：聯合發行股份有限公司
地　址：231 新北市新店區寶橋路 235 巷 6 弄 6 號 4F
電話：(02)2917-8022　　傳　真：(02)2915-6275